实践版

西尔弗斯特去哪儿了？

[瑞典]马丁·维德马克　著　[瑞典]海伦娜·威利斯　绘
徐昕　译

湖南文艺出版社　小博集

这本书属于：

你好！欢迎来到瓦乐比城！这里有很多有趣的故事可以读，有很多有趣的事情可以做。比如，一个关于我俩的新故事，还有好多有趣的活动和谜题。来看看吧！

目录

第一章

西尔弗斯特去哪儿了？

这是夏日的一天，瓦乐比街头空空荡荡，没有什么人。很多人都离开了这个小城，去度假了。拉塞和玛娅骑着自行车穿过商人街，他们要去找警察局长，他之前给他们打了电话。

“我要去露营地钓鱼，”拉塞说，“城里太安静了。”

“我也去。”玛娅回应。

所以这会儿，他们俩正在去往古纳尔松露营地的路上。

突然，他们看到了两个熟人，拉塞和玛娅停下了自行车。

拉塞－玛娅
侦探所

“你好，米兰达。”玛娅摘下自行车头盔说。

“你好，西尔弗斯特。”拉塞朝米兰达的猴子招招手说。

米兰达坐在树下的一张长椅上，西尔弗斯特坐在她自行车的儿童座椅上。这只小猴子的目光有点呆滞。

“你们好。”米兰达叹气道。

“出什么事了？”拉塞问。

“没什么事。”米兰达说。

“没事？”玛娅问，“那你为什么看起来这么郁闷？”

米兰达朝西尔弗斯特的方向努努嘴，说：“它什么都不想干，只想看电视和电脑。”

“它看什么呢？”拉塞问。

“动物节目，”米兰达回答说，“最喜欢看关于猫和狗的电影。”

玛娅拍了拍西尔弗斯特的头，可是它没有任何

反应。

米兰达继续说：“所以我想着出来骑骑车也许能让它活泼起来。”

“效果似乎不怎么好。”拉塞说。

“我们要去露营地，”玛娅说，“警察局长在那儿钓鱼，你们愿意一起去吗？”

“你想去吗，西尔弗斯特？”米兰达问。

这只小猴子仍目光呆滞地看着前方。

“来吧，我知道你愿意的。”拉塞说着，挠了挠小猴子的下巴，“你也许会喜欢钓鱼。”

警察局长站在古纳尔松露营地的栈桥上。他将钓鱼竿用力一甩，鱼钩在水面上画出一道长长的弧线。

“嘿，你们来了啊。”警察局长开心地说。

“钓到鱼了吗？”拉塞问。

警察局长笑着摇摇头，说：“不过没关系，在

拉塞－玛娅
侦探所

这里钓鱼太舒服了，简直就是一种享受。你们想试一试吗？”

“好啊。”玛娅说。

随后拉塞和玛娅都试了起来。他们比赛谁能把鱼钩甩得更远，然后再把鱼钩收回来。

“真好玩。”拉塞说。

“西尔弗斯特想试试吗？”玛娅对扶着自行车站在岸边的米兰达喊道。

“你想玩吗，西尔弗斯特？”米兰达转过头去，对着儿童座椅的方向说。

可是西尔弗斯特没在那里，儿童座椅上竟空空如也！

“西尔弗斯特去哪儿了？”米兰达吃惊地说，“它刚才还坐在这里的！”

拉塞、玛娅和米兰达在露营地找了好一会儿，他们喊着西尔弗斯特的名字，可是哪儿都没找到。

20

他们去询问长年驻扎在露营地的培根兄弟和穆勒·贝里。

“没看见，”培根兄弟大声说，“我们没见过什么猴子。”

“抱歉，”穆勒·贝里说，“我一直在这里忙着烧烤。”

米兰达叹了口气。

“我得给爸爸打个电话。”她说。

她在口袋里找手机，可是手机不见了！

“这下西尔弗斯特和我的手机都失踪了。”

他们坐到了接待处外面的木地板上。

“手机会不会从你衣服的口袋里掉出去了？”玛娅说。

“嗯，有可能。”米兰达说。

拉塞沉默了一会儿，他在思考。随后他问：“你通常把手机放在哪个口袋里？”

“这个。”米兰达拍拍裙子右侧的后兜说。

“你们知道我是怎么想的吗——”拉塞的话还没说完就被玛娅打断了。

“嘘！”她小声说，“你们听！”

米兰达和拉塞很努力地去听，可是他们只听见几只海鸥的叫声，还有就是穆勒·贝里的房车里的那台收音机的响声。

“我好像听见有狗在叫。”玛娅说。

“狗？”拉塞说，“狗是不允许被带进露营地里的。”

这时，拉塞和米兰达也听见了狗的叫声。

“跟我来。”玛娅说。

这声音好像来自一棵大冷杉树。玛娅、拉塞和米兰达悄悄地靠近那里。这时，狗的叫声越发清楚了。

玛娅拨开垂下来的巨大树枝。它在那儿！

“西尔弗斯特！”米兰达开心地说，“你在这儿啊！”

“那是你的手机。”拉塞笑着说。

“啊哈！”玛娅冲着这只狡猾的小猴子笑了，说，“西尔弗斯特坐在儿童座椅上的时候，从你的裙子后兜里‘借’走了你的手机。”

“然后在我们跟警察局长钓鱼的时候偷偷溜走

了。”拉塞说。

“而现在，它坐在这里看小狗做游戏的电影。”米兰达说。

米兰达让西尔弗斯特到她身边来，它不情愿地站起身，把它“借”走的手机还了回去。

“现在，我们真得想出一件能让你喜欢做的事情。”米兰达对西尔弗斯特说。

“除了看动物电影。”拉塞说。

“我想到了！”玛娅突然说，“跟我来！”

第二章

你们要干什么？

玛娅、拉塞、米兰达和西尔弗斯特骑车回到了瓦乐比。

玛娅在商人街的一栋房子旁停了下来，那栋房子位丁消防站的斜对面。

“这楼上住着牧师。”拉塞指着最高的那层楼说。

那一层的窗户开着，一扇带着十字架图案的窗帘随着风轻轻摆动。

“牧师？是让西尔弗斯特开始信教吗？”米兰

达问。

玛娅笑了起来，说：“如果西尔弗斯特去教堂做礼拜，教堂可能会乱成一团。”

“那我们来这儿做什么呢？”米兰达问。

“跟我来。牧师的楼下住着一个人，他有一个非常有趣的爱好。”

玛娅第一个爬上楼，然后按响了门铃。过了一会儿，门的后面有了动静。有人打开了信报口，一个怒气冲冲的男声从那里传出：

“你们要干什么？”

拉塞看到了门上的名牌。

“吕内·安德松！”拉塞说。

“我们想跟你聊聊你的爱好。”玛娅说。

“我的爱好？”吕内·安德松回应。

“你的邮票。”玛娅解释道。

吕内·安德松家的门开了。

吕内在宾馆的前台当接待员，他总是一副气呼呼的样子。

“我们想问问，可不可以看看你集的那些邮票。”

“可不可以让西尔弗斯特也看看？”米兰达问。

吕内哼了一声，不过似乎并没有那么抗拒。并不是每一天他都有机会向人们展示那些他心爱的邮票的。

他请大家进了客厅。这天的天气很暖和，吕内

拉塞－玛娅
侦探所

也把窗户稍稍开了条缝。屋里被收拾得一尘不染，非常整洁。

米兰达把西尔弗斯特放到一张扶手椅上，吕内取来了他的集邮册。

“他的家被收拾得好干净、好整洁啊。”拉塞小声说。

“真是一尘不染，”玛娅小声回应，“还井井有条。”

吕内把他的集邮册放到客厅里一张光亮的大桌子上，一边翻一边介绍起来：

“这是一张来自阿富汗的邮票，”他说，“是1921年的，非常、非常珍贵。”

拉塞、玛娅和米兰达饶有兴趣地听吕内介绍他

拉塞－玛娅
侦探所

那些来自世界各地的邮票，他们知道了这些邮票有多值钱，以及他是从哪里得到它们的。

“西尔弗斯特，”米兰达说，“来！这些邮票太有趣了。西尔弗斯特？”

米兰达、拉塞和玛娅把头转了过去。扶手椅上空空如也！

拉塞、玛娅和米兰达的第一反应，是去摸自己的口袋，生怕这只小猴子又把他们的手机“借”走了。不过还好，所有人的手机都在。

这时拉塞想起一件事！“你家的电视机在哪里？”他问吕内。

“电视机？”吕内·安德松轻蔑地说，“我没有电视机，我哪儿有时间看电视？我要是看电视，谁来整理我这些邮票？”

随后他们在吕内家里里外外找了好一会儿，可是哪儿都不见西尔弗斯特。他们又都回到了客厅。窗口的窗帘在那里轻轻地舞动着。

拉塞突然明白了！

“一定是这样的。”他说着，赶紧跑到了窗口。

拉塞把头探出窗外，立刻看到了一根雨水管。他向上看去，看见楼上那户人家的窗户仍然开着。

“跟我来，”他说，“我想我知道它在哪儿了。”

“谢谢你让我们看了邮票。”玛娅匆匆说道。

“非常漂亮的邮票。”米兰达说。

拉塞冲出吕内家，顺着楼梯爬到楼上。米兰达和玛娅跟在他的后面。那户人家的门牌上写着“牧师”两个字。

拉塞按响了门铃。

过了一会儿，瓦乐比的牧师出来开门了，他看起来非常愉悦。

“你们肯定猜不到发生了什么事！”他大喊道。

“你有没有看见米兰达的小——”拉塞的话还没说完，就被牧师打断了：“请进！”

牧师请他们来到客厅。电视机正用很大的音量播放着一部电影，电影里，一些可爱的小猫在嬉戏玩耍。

“我正坐在这里看我最喜欢的节目，”牧师说，

“突然有客人来了。”牧师用手指了指沙发。

沙发上，西尔弗斯特正坐在那里，穿着一件漂亮的白衬衫。它看起来一副心满意足的样子。

“一个小天使突然降临到我的窗口，”牧师说，“小小的、毛茸茸的，我一眼就认出了这个天使。”

“它的衬衫是哪里来的？”

“哦，这是一件洗礼袍，”牧师解释说，“总不能让一个天使光着身子坐在那里看电视吧？”

“那当然不行。”拉塞挠了挠头，回答说。

米兰达告诉牧师，这个天使名叫西尔弗斯特，是她养的猴子。

“这样啊。”牧师说。

他有点失望地看着拉塞、玛娅和米兰达，他们感谢他给了西尔弗斯特这么好的照顾。

很快，他们回到了街上。牧师在窗口朝他们挥手，大声喊着，说欢迎西尔弗斯特随时去他家做客。

吕内从他的窗口向上看，生气地对楼上的牧师说："安静，我正聚精会神地整理我的邮票呢！"

米兰达再一次把她的猴子放到儿童座椅上。她叹了口气说："这下可完全没办法了，西尔弗斯特不喜欢钓鱼，也不喜欢集邮。"

"只有动物电影能吸引它。"玛娅说。

他们在街上不远的地方看到了艾薇·罗斯，她正在向遇到的每一个人分发小纸片。当她来到拉塞、玛娅和米兰达面前时，他们也被分到了纸片。

米兰达大声地读了起来：

把你的狗训练得很听话。

下午三点，在艾薇和卡尔 - 菲利普家。

卡尔 - 菲利普是艾薇心爱的小贵宾犬。玛娅看了看时间，说："马上就要开始了，咱们去那里吧？"

“你想去吗？”米兰达看看她的猴子问。

西尔弗斯特重重地叹了口气，目光呆滞地看着前方。也许是不能待在牧师家里看动物电影的缘故，它看起来很难过。

第三章

很好！聪明的狗狗！

艾薇·罗斯和卡尔－菲利普住在足球场附近，她的院子被一道栅栏围着。

拉塞、玛娅、米兰达和西尔弗斯特打开栅栏门的时候，卡尔－菲利普和一大群狗狗向他们跑了过来。

艾薇·罗斯对狗狗们喊道："回到自己的位子上！站住！在地上打滚！"

可是狗狗们并

没有听她的话，它们正绕着旗杆追来追去。

“坐下！”艾薇大声喊着。

狗狗们只是继续在那里玩。

拉塞、玛娅和米兰达来到艾薇面前。“其他狗狗的主人呢？”拉塞问。

“他们不能参与训练，团队里只能有一位领导者。”

玛娅四下看了看，想看看谁是那位领导者。不过随即她就明白了，艾薇说的是她自己。玛娅笑了起来，但是什么都没有说。

随后他们在那儿站了一会儿，看艾薇教狗狗们在一条赛道上奔跑。她在她的院子里设置了一些小小的障碍物，狗狗们得从上面跳过去，或是从下面钻过去。可狗狗们只是继续在那里叫着，跑来跑去，互相追逐。就连艾薇亲自演示的时候，它们都没有看她。

最后艾薇来到拉塞、玛娅和米兰达面前，说：“现在只有一个办法了！”

“什么办法？”玛娅问，“用哨子？还是用狗粮？”

“去喝杯咖啡！”艾薇·罗斯说着，朝她的小房子走去。

“可是狗狗们怎么办？”拉塞问。

拉塞－玛娅
侦探所

“它们自己会搞定的。”艾薇一边说，一边朝拉塞、玛娅和米兰达招手，请他们跟她一起进屋。

来到餐厅，艾薇摆出了杯子和盘子。“没有什么比来杯咖啡更能舒缓紧张的神经了。”她说。

桌子旁摆着一张儿童座椅，玛娅不解地看着它。

“卡尔－菲利普经常坐在上面，”艾薇说，“它不喜欢在地上吃饭，这个应该可以理解，换成我，我也不会喜欢。你们可以把猴子放在椅子上。”

米兰达把西尔弗斯特放到儿童座椅上。隔壁房间里的电视开着，里面传来狗狗“汪汪汪”和猫咪“喵喵喵”的叫声。

“我和卡尔－菲利普都喜欢看动物电影。”艾薇向大家解释道。

西尔弗斯特立刻在儿童座椅上扭动起来。

“好吧，好吧，”米兰达叹了口气，“不过只能看一小会儿。”

西尔弗斯特立刻从椅子上爬下来，跑出餐厅。

随后艾薇、拉塞、玛娅和米兰达坐在那里喝了好一会儿咖啡。艾薇讲起了她的狗狗学校。

“狗狗们每周被送来三次，”她说，“我训练它们，让它们听主人的话。”

“效果怎样？”拉塞问，尽管刚才他们已经看见狗狗们是那样我行我素。

“效果很好。”艾薇出人意料地回答说。

“很好？”玛娅问。

艾薇点点头。

“我说‘叫吧’‘玩吧’，它们就跑来跑去，一边玩一边叫，没完没了。”

艾薇很享受地啜了一口咖啡，继续说：“下周我们要展示成果了，届时所有的狗狗都要在这个赛道翻越障碍物。”

拉塞、玛娅和米兰达对视了一眼，他们知道，艾薇绝不可能在这么短的时间内教会狗狗完成这项任务。不过他们什么都没有说，他们不想让艾薇感到难过。

艾薇喝完杯中的咖啡，站了起来，说：“走吧，我们继续训练。”

艾薇回到院子里。

米兰达走进艾薇放电视机的那个房间接她的猴子，可她立刻折了回来。

“西尔弗斯特呢？”她问。

拉塞、玛娅不解地看着她。“它没在里面吗？”拉塞问。

“它不是在看动物节目吗？”玛娅说。

“那可是它最感兴趣的事情。”拉塞说。

米兰达难以理解地摇了摇头。这时他们听到艾薇·罗斯在院子里喊：“很好！聪明的狗狗！”

玛娅、拉塞和米兰达赶紧跑出屋子。他们看到院子里发生的一切，简直不敢相信自己的眼睛！

西尔弗斯特在艾薇的障碍赛道上奔跑，在它身

侧，卡尔－菲利普和其他狗狗排成了一列。它们跳跃着、攀爬着，翻越了所有的障碍物。

“再来一圈！”当西尔弗斯特抵达终点后，艾薇喊道。

米兰达的那只小猴子立刻冲了出去，后面跟着所有的狗狗。它们看上去是那么开心，跑了一圈又一圈，直到完全累了，才躺到草地上。

“躺下！”艾薇·罗斯命令道，尽管这时所有的狗狗早就已经躺下了。

随后她抱起她的小贵宾犬，轻轻地拍拍它，表扬道：“要是没有你——我聪明的小卡尔 - 菲利普，妈妈该怎么办啊！”

卡尔 - 菲利普舔了舔她的脸颊，艾薇露出了笑容。米兰达挨着西尔弗斯特，在草地上坐了下来。她挠着西尔弗斯特的肚子，它看起来很开心。

“这个要比看电视有趣吧？”她问。

“跟钓鱼相比呢？”拉塞问。

“跟集邮比起来呢？”玛娅也问。

西尔弗斯特伸出一只手，摸了摸米兰达的脸颊。

随后它起身，再一次飞快地跑向赛道。卡尔－菲利普立刻从艾薇的怀里跳下来，跟在西尔弗斯特身后跑了起来。其他狗狗也加入它们的行列。

“开始跑！”艾薇下令道。

米兰达看出西尔弗斯特跟狗狗们在一起很开心，便问艾薇自己可不可以带它来参加训练。艾薇说可以，只是西尔弗斯特虽然不是狗，但米兰达还是不能陪在这里。

“你知道的，狗狗们只需要一位领导者。”她跟米兰达解释说。

训练结束后，米兰达、拉塞和玛娅跟艾薇、卡尔－菲利普和其他狗狗说了再见。

他们骑车回到城里。这时，米兰达突然听到身后的儿童座椅上传来一个奇怪的声音。

她转过头去，看到西尔弗斯特已经睡着了，头垂到了胸口，打起了很响的呼噜。

拉塞、玛娅和米兰达全都对着这只可爱的小猴子笑了起来。

瓦乐比侦探赛

参与问答竞赛，来测试一下你的瓦乐比侦探值有多少！

1 拉塞和玛娅刚遇到米兰达的时候，她为什么难过？

1. 西尔弗斯特只想看动物电影
2. 西尔弗斯特只想到处跑
3. 西尔弗斯特只想去露营

2 警察局长在古纳尔松的露营地做什么？

1. 采蘑菇
2. 骑车
3. 钓鱼

3 米兰达通常把手机放在哪里？

1. 在裙子右侧的后兜里
2. 在裙子左侧的后兜里
3. 在裙子右侧的前兜里

4 西尔弗斯特藏在了露营地的什么地方？

1. 在一块石头后面
2. 在一棵冷杉树上
3. 在一顶帐篷后面

5 吕内·安德松的家看起来怎么样?

1. 很干净、很整洁
2. 又脏又乱
3. 阴冷又潮湿

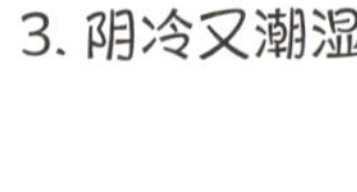

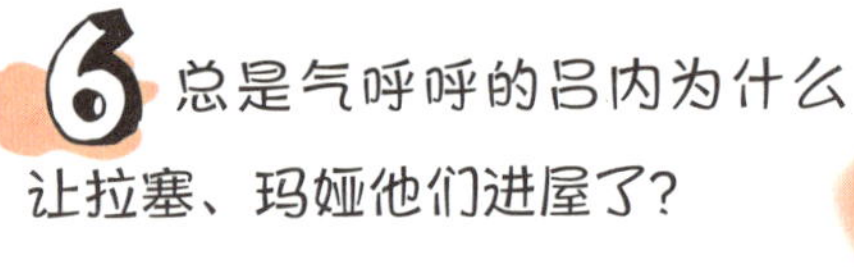

6 总是气呼呼的吕内为什么让拉塞、玛娅他们进屋了?

1. 他想让他们参观他的屋子
2. 他想给他们展示他的邮票
3. 他想让他们品尝他的点心

7 西尔弗斯特是怎样从吕内的家里逃出去的?

1. 它是从窗口爬出去的
2. 它是从大门跑出去的
3. 它是从烟囱爬出去的

牧师把西尔弗斯特当成什么了？

1. 一只狗

2. 一个天使

3. 一只猩猩

是什么舒缓了艾薇·罗斯紧张的神经？

1. 茶

2. 点心

3. 咖啡

艾薇觉得对狗狗们的训练进展如何？

1. 非常糟糕

2. 很一般

3. 很好

你觉得西尔弗斯特为什么在艾薇·罗斯家里玩得很好？

1. 它能跟其他动物一起玩，同时还能活动身体

2. 它能吃到自己喜欢吃的东西

3. 它能和米兰达一起玩

12 哪一本是“拉塞－玛娅侦探所”系列故事书第一辑中的？

1.《赛马谜案》

2.《钻石谜案》

3.《生日谜案》

拉塞－玛娅
侦探所

瓦乐比的警察局长有一个爱好，是哪一个？

1. 集邮

2. 打高尔夫球

3. 钓鱼

宾馆经理鲁尼·哈瑟伍德当初为什么来到瓦乐比？

1. 来写诗

2. 来当驯鹿员

3. 来结婚

世界上最强壮的男人阿里·帕萨最喜欢喝的东西是什么？

1. 比尔森啤酒

2. 咖啡

3. 牛奶

16 有一回，一位推着助步车的狡诈的年迈女士在超市偷走了价值一万五千克朗①的藏红花给她的儿子——一个遭到通缉的银行抢劫嫌犯。她的儿子叫什么名字？

1. 奇克·格拉尼特
2. 罗伯特·维克
3. 萨尔蒙·拉尔松

17 在《火车谜案》中，火车司机和警察局长重逢，他们之前就互相认识。他们是在哪里认识的？

1. 国际象棋俱乐部
2. 摔跤俱乐部
3. 教堂

18 佛朗哥·波罗是瓦乐比自行车赛的参赛选手之一。在比赛中，他的鞋底多了什么东西？

1. 图钉
2. 口香糖
3. 狗屎

①瑞典克朗，瑞典的货币名称。1 瑞典克朗约合人民币 0.76 元。

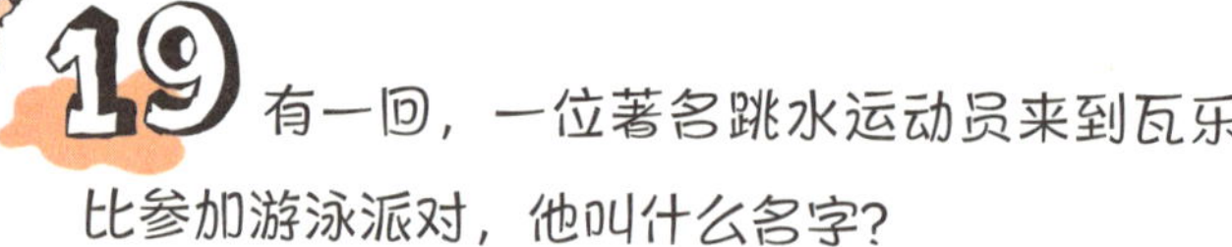

19 有一回，一位著名跳水运动员来到瓦乐比参加游泳派对，他叫什么名字？

1. 洛基·迪瓦恩
2. 鲁尼·阿夫普鲁雷特
3. 拉克·布林德

20 有一年平安夜，一个家庭住进了宾馆，他们的姓跟一种苹果的名字一样。他们姓什么？

1. 蒂利希
2. 格拉芬施泰因
3. 沃克雷

21 报社摄影师皮娅·彭-塔克斯小时候因为胖而被人取笑。她用什么方式报复那些欺负她的人？

1. 通过偷拍别人的照片
2. 通过传播别人的坏话
3. 通过写恶毒的文章

22 瓦乐比消防日那天，是谁得到机会，跟消防员肯塔一起坐上了消防车的云梯工作斗？

1. 阿加塔·库拉
2. 皮娅·彭－塔克斯
3. 牧师

23 世界著名的时装设计师让－皮埃尔是瓦乐比时尚比赛的评委。他那只可爱的猫叫什么名字？

1. 菲菲
2. 露露
3. 蒂蒂

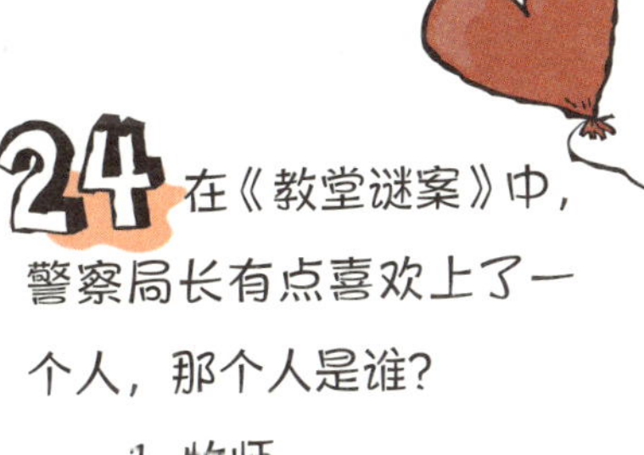

24 在《教堂谜案》中，警察局长有点喜欢上了一个人，那个人是谁？

1. 牧师
2. 主教
3. 芳妮·温特

25 在瓦乐比配钥匙的工匠叫什么名字？

1. 汉斯·考尔伏
2. 塔列布·范丹戈
3. 克劳拉·希亚瓦

26 穆罕默德·卡洛特的珠宝店里的钻石丢失之后，哪一种水果对破案起到了重要作用？

1. 苹果
2. 猕猴桃
3. 梨

27 米兰达和她的猴子西尔弗斯特要进入一个上了锁的地方，他们在马戏团练就的技能在这时派上了用场。他们要进入什么地方？

1. 大饭店
2. 教堂
3. 宠物店

28 塔希达参加了瓦乐比自行车赛。她不仅自行车骑得很棒，还精通另外一件事。那是什么事？

1. 打牌
2. 占卜
3. 拉小提琴

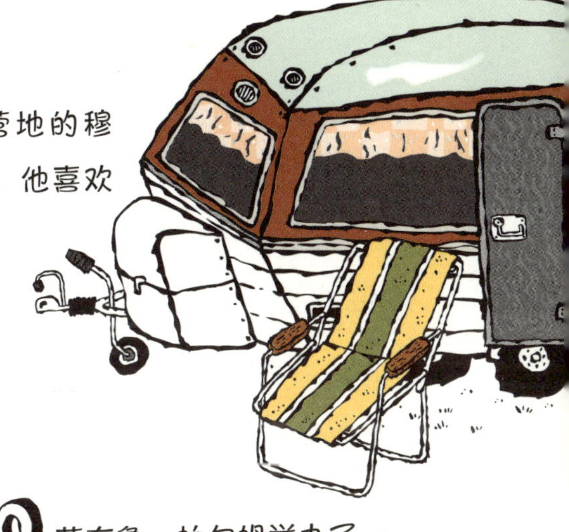

29 古纳尔松露营地的穆勒·贝里喜欢大自然，他喜欢在露营地里干什么？

1. 观察鸟类
2. 采蘑菇
3. 建木屋

30 芭布鲁·帕尔姆举办了一场蛋糕宴会来为穆罕默德·卡洛特庆祝生日，可是她自己却被人偷走了东西。被偷走的是什么？

1. 一枚戒指
2. 一条手链
3. 一条项链

31 瓦乐比每年都会举办一场非常重要的足球比赛。跟瓦乐比队竞争奖杯的是哪支队伍？

1. 舍德阿尔姆
2. 纽布达
3. 索尔贝卡

嘘！ 正确答案在第 92 页。

高楼与香蕉

游戏棋

向一位朋友发起挑战，看谁先到达终点。从一栋房子移动到另一栋房子，如果你落在高楼上，那么下一次轮到你掷骰子的时候，你可以从楼顶出发，这样你就前进得更快了。不过要注意香蕉皮！它们会让你滑倒，这时你就必须按照白色箭头所指的方向后退了。

嘘！

你们需要硬币或者纽扣来当棋子，
另外还要一颗骰子。

终点
24
2
10
24
11
30

画西尔弗斯特

巧妙利用方格线，把这幅图画到下一页的空白画框中，每一次画一格，然后涂上颜色。

小建议

选一张你最喜欢的自己的照片，在上面画上方格线，然后把它画到一张空白方格纸上。

西尔弗斯特的障碍赛道

像西尔弗斯特一样在障碍赛道上跑步。

按照下面的方法在户外建造一条你自己的赛道。

跨栏

在地上放两个桶，在桶上架一根棍子。现在你需要跳过这根棍子且不把它碰倒。可以多放几组这样的水桶和棍子以增加难度。

走钢丝

在地上放一块木板或者一根拉直的绳子，在上面“走钢丝”。

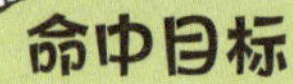

短跑

确定一条直线，在这一段跑得越快越好。

命中目标

找一个球和一个桶，让它们相隔一段距离。在地上放一根小棍或一段绳子，你站在小棍或绳子后面，试着把球投进桶里。只有球被投进桶里，你才能继续往前跑！

以头抵棍

将一根棍子插到地上，让它竖立在那里，且高度跟参赛者的肚子齐平。你要弯下腰，用额头去碰那根棍子，并绕着棍子转五圈。

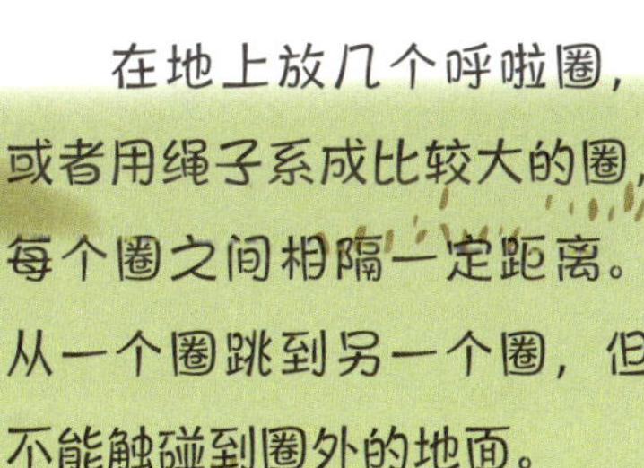

跳圈

在地上放几个呼啦圈，或者用绳子系成比较大的圈，每个圈之间相隔一定距离。从一个圈跳到另一个圈，但不能触碰到圈外的地面。

回旋

用石子摆出一条九曲路，你要绕着这些石子跑。

终点

预备，跑！

用棍子或绳子来当起点线和终点线，确定经过每一个障碍的顺序。每次一个人跑，用手表或手机计时，最快到达终点的人获胜。

小建议 每次都是同一个人获胜？那就试试跟自己比赛。每个人跑两圈，记录每一圈的成绩。这两圈用时差距最小的那个人获胜。

不速之客

我们正在执行任务——看管穆罕默德·卡洛特的一枚很值钱的戒指。可是今天，当我们外出的时候，放在侦探所办公室里的这枚戒指被盗了！幸好我们出门前拍了一张照片，你能找出九个痕迹，说明有人来过这里吗？把它们圈出来。

拉塞 - 玛娅侦探所
周三，16:30
通缉
越狱犯人
12
9
3

乔装打扮

戒指丢了！

不过办公室里留下了一个神秘的脚印，我们必须去侦查一番……

帮我们乔装打扮！

不能让小偷认出我们。给我们画上眼镜和胡子，嗯，为什么不来个新发型呢？

脚印侦查

小偷去哪儿了？让我们跟随小偷的脚印进行一番夜间侦查。不过你可别被城里那么多的其他脚印给弄迷糊了啊。

码头
瓦乐比报
码头街
宾馆
大广场
咖啡馆
里奥电影院
游泳

瓦乐比火车站
加油站
车站街
商人街
超市
银行
宠物店
商人街
医院街

瓦乐比建筑公司
瓦乐比
监狱
铁窗巷
1915
大剧院
理发店
剧院街
剧院街
消防站
眼镜店
警察局
商人街
商人街

迷失在超市

看，那个入室行窃的小偷来过这里，留下了一枚指纹！去看看。

你只能走在这三种颜色的方格上：

不可以走对角线，也不可以跳过某个方格。画出你的路线！

起点

39

50

收银台
防晒霜
超市
VB 瓦乐比报
泳衣
VB 瓦乐比报
20
面包干
面包干
面包干
终点

寻找指纹

孩子们，感谢你们找到了这枚指纹！它可以帮助我们把小偷找出来。我们从城里收集了其他几枚指纹，哪一个最符合超市里的那枚？把它圈出来。

疑似小偷的指纹

指纹号：13
日期：9月1日
地点：超市
所属者：维罗妮卡

指纹号：73
日期：5月19日
地点：瓦乐比学校
所属者：里斯多

指纹号：549
日期：7月26日
地点：公园
所属者：卡尔－菲利普

指纹号：270
日期：8月17日
地点：小卖亭
所属者：不明的糖果小偷

指纹号：128
日期：6月5日
地点：古纳尔松露营地
所属者：塔希达

指纹号：98
日期：8月14日
地点：里奥电影院
所属者：佐尔班

指纹号：885
日期：5月20日
地点：瓦乐比监狱
所属者：越狱的犯人

指纹号：449
日期：7月12日
地点：游泳馆
所属者：艾伦·阿斯普

在警察局里

原来是那个越狱的犯人闯进了你们的办公室！根据目击者的外貌描述，把小偷圈出来！

外貌描述：

- 不戴眼镜
- 不戴帽子
- 身高 150 厘米以上
- 穿的不是衬衫

森林里的莫尔斯密码

谢谢你们指认出小偷！现在我们必须找到那枚戒指。小偷的妈妈最近的表现很奇怪：她在自己的房子外面用木棍、树叶和石子摆出了一些奇怪的图案。我们认为那是用莫尔斯密码写出的一条秘密信息。那上面写着什么？

太棒了！

这是一个地址，也许是那个小偷藏身的地方？在第66—69页的瓦乐比地图上找出小偷的房子，把它圈出来！

找出戒指

你找到了小偷的藏身处！穆罕默德的那枚戒指藏在某一个地方。

小偷试着做了一些仿制品，但是没有成功，那枚真的戒指是独一无二的。

把穆罕默德的戒指圈出来！

嘘！ 如果觉得有难度，你可以去第 62 页偷偷看一看那枚戒指的样子。

小卖亭的冰激凌宴会

感谢你们找到了我的戒指！现在我觉得，我们应该用一场冰激凌宴会来好好庆祝一下。我请客！

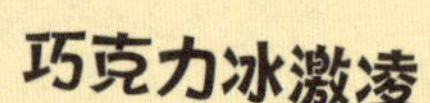

巧克力冰激凌

- 500 毫升奶油
- 一罐甜炼乳
- 200 克黑巧克力

在一个大碗里打发奶油。

往里面加入炼乳。

将巧克力掰成块，放在一个碗里，用微波炉加热。每加热一小会儿暂停一下，否则它会变焦！然后将巧克力拌入大碗中。

将这一大碗混合物倒入模具里，用保鲜膜盖住，在冷冻室里放一夜。

小卖亭
香蕉－花生冰激凌
●冷冻的香蕉
●花生酱
●蜂蜜
将这些东西放进一个大碗里，用搅拌器或搅拌棒搅拌，然后直接食用。
覆盆子冰激凌速成法：
●冷冻的覆盆子
●凝乳
●糖霜
将这些东西放进一个大碗里，用搅拌器或搅拌棒搅拌，然后直接食用。

在实践后填写

我的实践记录

日期：……………………………………

我的名字：……………………………………

这个月：□刺激　□温暖　□无聊

□多雨　□积极　□愉快　□懒惰

□我这辈子最好的一个月　□是一场灾难

我遇到的人：……………………………………

……………………………………

我吃过的东西：……………………………………

……………………………………

这个月最好的部分是：……………………………………

……………………………………

……………………………………

这个月最坏的部分是：……………………………………

……………………………………

……………………………………

我读过的书：……………………………………

我听过的歌：……………………………………

我看见的动物：……………………………………

我看见的植物：……………………………………

这个月去过的最好的地方：……………………………………

……………………………………………………………………

这个月的一天（自己画）：

快乐的一天！

在实践后填写

日期：……

我的名字：……

这个月：□刺激 □温暖 □无聊

□多雨 □积极 □愉快 □懒惰

□我这辈子最好的一个月 □是一场灾难

我遇到的人：……

……

我吃过的东西：……

……

这个月最好的部分是：……

……

……

这个月最坏的部分是：……

……

……

我读过的书：

我听过的歌：

我看见的动物：

我看见的植物：

这个月去过的最好的地方：

这个月的一天（自己画）：

日期：

我的名字：

这个月： 刺激 温暖 无聊

多雨 积极 愉快 懒惰

我这辈子最好的一个月 是一场灾难

我遇到的人：

我吃过的东西：

这个月最好的部分是：

这个月最坏的部分是：

我读过的书：

我听过的歌：

我看见的动物：

我看见的植物：

这个月去过的最好的地方：

这个月的一天（自己画）：

在实践后填写

日期：

我的名字：

这个月：□刺激 □温暖 □无聊

□多雨 □积极 □愉快 □懒惰

□我这辈子最好的一个月 □是一场灾难

我遇到的人：

我吃过的东西：

这个月最好的部分是：

这个月最坏的部分是：

我读过的书：

我听过的歌：

我看见的动物：

我看见的植物：

这个月去过的最好的地方：

这个月的一天（自己画）：

快乐的一天！

在实践后填写

日期：……………………………………

我的名字：……………………………………

这个月：□刺激 □温暖 □无聊

□多雨 □积极 □愉快 □懒惰

□我这辈子最好的一个月 □是一场灾难

我遇到的人：……………………………………

……………………………………………………

我吃过的东西：……………………………………

……………………………………………………

这个月最好的部分是：……………………………………

……………………………………………………

……………………………………………………

这个月最坏的部分是：……………………………………

……………………………………………………

……………………………………………………

我读过的书：……………………………………

我听过的歌：……………………………………

我看见的动物：……………………………………

我看见的植物：……………………………………

这个月去过的最好的地方：……………………

……………………………………………………

这个月的一天（自己画）：

答案

瓦乐比侦探赛

47—55 页

1-1	6-2	11-1	16-2	21-3	26-1	31-3
2-3	7-1	12-2	17-2	22-3	27-3	
3-1	8-2	13-3	18-1	23-2	28-2	
4-2	9-3	14-1	19-3	24-3	29-2	
5-1	10-3	15-1	20-3	25-2	30-3	

（第 1—11、13 题见本书，第 12 题见《拉塞 - 玛娅侦探所 第一辑》，第 14、20 题见《宾馆谜案》，第 15 题见《马戏团谜案》，第 16 题见《藏红花谜案》，第 17 题见《火车谜案》，第 18 题见《自行车谜案》，第 19 题见《游泳馆谜案》，第 21 题见《报纸谜案》，第 22 题见《消防队谜案》，第 23 题见《时尚谜案》，第 24 题见《教堂谜案》，第 25 题见《爱的谜案》，第 26 题见《钻石谜案》，第 27 题见《宠物店谜案》，第 28 题见《自行车谜案》，第 29 题见《露营地谜案》，第 30 题见《生日谜案》，第 31 题见《足球谜案》）

不速之客

62—63 页

如果你凑近看，可以看到九个痕迹：眼镜、通缉海报、顶灯、台灯、画着指纹的海报、蓝色的帽子、装果汁的杯子、脚印和饼干。

脚印侦查

66—69 页

小偷去了超市。

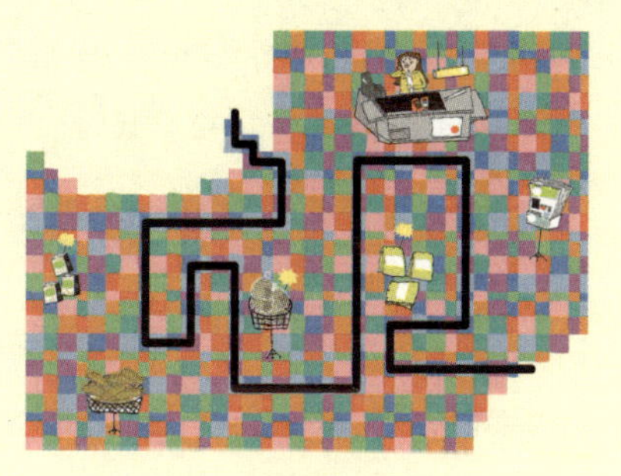

迷失在超市

70—71 页

寻找指纹

72—73 页

这枚指纹属于那个越狱的犯人。

在警察局里

74—75 页

那个越狱的犯人是罗伯特·维克，左数第三个。

森林里的莫尔斯密码

76—77 页

那条信息是：JUYUANJIE12（剧院街 12 号）。就是第 69 页上有扇窗户里亮着灯的那栋高楼。

找出戒指

78—79 页

真的戒指在第 78 页的水桶后面。

著作权合同登记号：图字 18-2023-134

图书在版编目（CIP）数据

拉塞－玛娅侦探所：实践版．西尔弗斯特去哪儿了？ / （瑞典）马丁·维德马克著；（瑞典）海伦娜·威利斯绘；徐昕译．-- 长沙：湖南文艺出版社，2023.9（2024.7 重印）
ISBN 978-7-5726-1274-9

Ⅰ．①拉… Ⅱ．①马… ②海… ③徐… Ⅲ．①儿童小说—侦探小说—瑞典—现代 Ⅳ．① I532.84

中国国家版本馆 CIP 数据核字（2023）第 122190 号

上架建议：儿童文学

LASAI–MAYA ZHENTAN SUO SHIJIAN BAN XI'ERFUSITE QU NAR LE?
拉塞－玛娅侦探所 实践版 西尔弗斯特去哪儿了？

著　　者：［瑞典］马丁·维德马克
绘　　者：［瑞典］海伦娜·威利斯
译　　者：徐　昕
出 版 人：陈新文
责任编辑：张子霏
监　　制：李　炜　张苗苗　文赛峰
策划编辑：文赛峰
特约编辑：丁　玥　焦玲玲
营销支持：付　佳　杨　朔　周　然
版权支持：王媛媛　刘子一
封面设计：梁秋晨
版式设计：李　洁
版式排版：李　洁
出　　版：湖南文艺出版社
（长沙市雨花区东二环一段 508 号 邮编：410014）
网　　址：www.hnwy.net
印　　刷：三河市中晟雅豪印务有限公司
经　　销：新华书店
开　　本：875 mm × 1230 mm 1/32
字　　数：36 千字
印　　张：3
版　　次：2023 年 9 月第 1 版
印　　次：2024 年 7 月第 2 次印刷
书　　号：ISBN 978-7-5726-1274-9
定　　价：128.00 元（全 6 册）

若有质量问题，请致电质量监督电话：010-59096394
团购电话：010-59320018